Patrick Otte

Der Liebe letzter Worte

Patrick Otte

Der Liebe letzter Worte

Projekte-Verlag

Impressum

1. Auflage
Satz und Druck: Buchfabrik JUCO GmbH
www.jucogmbh.de
Fotos: Elke Lichtmann
copyright Elke Lichtmann 2005

© Projekte-Verlag 188, Halle 2005 • www.projekte-verlag.de
ISBN   3-938227-87-7
Preis: 9,90 EURO

Meinen Gedichtband möchte ich mit einem Ausspruch/Zitat von Friedrich Nietzsche beginnen.

Was ist Wahrheit ??

Schwarzert: (Melanchthon)	„Man predigt oft seinen Glauben, wenn man ihn gerade verloren hat und auf allen Gassen sucht, - und man predigt ihn dann nicht am schlechtesten!"
Luther:	„Du redest heut' wahr wie ein Engel, Bruder!"
Schwarzert:	„Aber es ist der Gedanke deiner Feinde, und sie machen auf dich die Nutzanwendung."
Luther:	„So war's eine Lüge aus des Teufels Hintern."

dunkle wolken ziehen vorbei
strahlende sonne tritt hervor
erleuchtet hell die herzen
eine neue liebe wird erblühen

gib der neuen liebe eine chance
fühl sie tief und lass sie wirken
stell dich ein auf diese liebe
lern mit ihrer wucht und kraft zuleben

bewahr sie tief in deinem herzen
gib reichlich von deiner liebeskraft
und lass durch die magie der liebe
dich gewähren
über das ende unserer tage hinaus

Wach auf!
schüttle träume aus deinem haar
meine süße kleine, meine schöne
wähle den tag und setz ihm dein zeichen
des tages göttlichkeit als erstes du erblickst
der weite funkelnder strand und kühl-gekronter mond
nackte paare eilen durch stillen sand
und wir lachen wie sanfte kinder voller wahn
in selbstgefälligen watte-träumen der kindheit
wählt jetzt, sirren sanft die alten
die zeit ist wieder reif
wählt jetzt, sirren sie
im mondlicht am altehrwürdigen see
betretet wieder den heißen traum
komm mit uns
alles ist zersprungen und tanzt

ich hab mich verliebt
- in wen
jeden tag auf's neue
blonde, brünette, rothaarige
einfach wunderschöne elfen
- wie kam es dazu
elfen, wunderschön
mit langen wallenden haaren,
freche kurz geschnittene haare …
- und weiter
ob klein oder groß, egal
guter geist, gutes wissen
mehr als gutes gefühl …
- weiter, weiter
aussehen passend
wundervolle körperrundungen
gespräche - tiefgehend, tieferregend, tiefbewegend …
- und nun, wo ist deine elfe jetzt
es war einzigartig, aber ich bin immer noch allein

*Z*erbrochene herzen blutend in allen straßen
tiefes schmerzgefühl
suche nach rettung aus dem alltäglichen abgrund
kauernd in tiefer, gespenstig dunkler gruft
nahe der ohnmacht
hilflos, einsam, schweißgebadet
fast todgeweiht
doch gottesgebet wäre ohne sinn und verstand

nur der mut der wahren liebe,
lässt das herz neu zum erkennen aufleben!

*i*n allen gedichten stecken wölfe
nur in einem nicht
im wunderbarsten von allen

sie tanzt in einem ring aus feuer
und schüttelt ab die bedrohung
mit einem schulterzucken

den verlockungen widerstehen, täglich!
leben in körperlicher askese
nur totaler geistiger hochgenuss

die nacht mit ihrer purpurnen legion
zieht euch nun zurück in eure zelte
und in eure träume
denn morgen betreten wir die stadt
meiner geburt
ich möchte bereit sein

Oh, geheimnisvolles meer
schäumst und gischst
mit starker wut
am strand voll unwetter
tanzen ausgelassen
die geister der natur
sie streicheln zart
deinen wärmenden busen
und bitten
zum rauschenden feste

*j*etzt bin ich zurückgekehrt in das land
der aufrechten, der starken und weisen
brüder und schwestern
jenseits des bleichen waldes
oh, kinder der nacht
wer von euch will hetzen auf der jagd

*d*as letzte haus in einer straße
schon etwas betagteren aussehens
enthielt in der obersten etage
ein kleines liebesnest vor zeiten schon

gar nicht von so langer dauer
aber doch sehr innig und intensiv
bis aus unerklärlichen gründen
ein ende kam in diese leidenschaft

da wohnte wohl 'ne hübsche
mit wechselnder haarfarbenpracht
sie war ziemlich ausgeflippt
sie war selten anzutreffen
aber man zollte ihr liebe
trotzdem
man hat sie auf ihren wunsch hin verloren

kleine ewigkeit macht fast vergessen
große gefühle beherrschten den sinn
bereit zu geben und zu nehmen
der großen liebe wegen

der tod trennt uns nicht, nur der verlust der liebe
um ein ende der liebesbeziehung wurde lange gekämpft
aus der liebe wurde und bleibt bis zum ende
unserer tage eine freundschaftliche bekanntschaft
feinfühlig, innig und in aller offenheit
hoffentlich

*Sie warten darauf
uns in den abgehackten garten zu bringen
weißt du
wie bleich-geil erregend kommt der tod
in seltsamer stunde
unangemeldet
ungeplant
wie ein grausiger überfreundlicher gast
den du hast zu bett gebracht
tod macht engel aus uns allen
gibt uns schwingen
wo schultern waren
sanft wie rabenkrallen
kein geld mehr
kein kleid zum feste
das andere königreich scheint das beste
bis sein anderer rachen entblößt inzest
und losen gehorsam vor einem stroh-gesetz
ich will nicht gehen
ich zieh vor ein fest
von freunden einer riesenfamilie*

*inspirationen, denkanstöße
ein versuch der erkenntnis
vom wahren sinn des lebens
auf unserer erde
in unserer welt*

*betrachtungsweisen aus allen
möglichen richtungen, winkeln
der medaillen vorder- und
rückseite bedenken*

*persönliches empfinden
persönliches gefühl erleben
mit sich in körper und geist
sowie der welt im großen
und im kleinen in einklang
und in übereinstimmung leben*

herzerwärmender anblick
funkelnde augen
wie sterne am himmel
hoch in der nacht

inneres gefühl unbeschreiblich
kurzer moment im augenkontakt
ein wohliger schauer
erwärmt den geist

gedanken drehen sich anders
mehr in richtung
der geistigen übereinstimmung
des gegenseitigen achtens
des gegenseitigen bedürfens
vielleicht, doch hoffnung
ist verkannt

im herzen bleibt erhalten
was der geist vergisst
zur freude des geistes
bei jedem anblick
dieses wundervollen körpers

*a*ndere vorstellung nach dem ende
leichter übergang ins neue
schwerwiegender fehler

neuer anfang nicht umsetzbar
falsche vorstellung
falsche hoffnung

alles eine niederlage in jeder hinsicht
eine rückkehr ist ausgeschlossen
keine tuckenversuche mehr

weg vom körperlichen
hin zum geistigen
körper unterliegt einem alterungsprozess
geist unterliegt einem reifungsprozess

*S*odenn soll es sein
schließen wir dennoch im herzen frieden
für unser eigenes wohl
und glauben an das gute
in jeglicher form, art und weise

*dir steht die welt offen
also tu', was immer du willst
nur folge nicht ausschließlich
dem geruch des geldes
sondern höre einfach auf dein herz
und es wird sich schon alles finden im leben*

*die welt steht dir offen
was immer du willst, tu' es
dem geruch des geldes
folge nicht nur ausschließlich
sondern auf dein herz höre einfach
und schon wird sich alles im leben finden*

Anna-Lena, Oh Anna-Lena
reich mir deine Hand zum Tanz
Anna-Lena, Oh Anna-Lena
schreib mir immerfort ...

Sie wohnt in einer Siedlung
die Häuser stehen eng
Sie wohnt dort unter'm Dach
und findet's nicht so toll

Sie ist noch in der Ausbildung
schwerer Kampf mit Krampf
Sie hasst ihren Stiefvater, den Arsch,
und will nur fort

Aber
Sie liebt Mama und ihre Schwestern
Es öffnet sich ihr Herz bei Musik und Poesie
und neuerdings gibt's weiche Knie
Sie folgt ausschließlich ihrem Herzen

Anna-Lena, Oh Anna-Lena
reich mir deine Hand zum Tanz
Anna-Lena, Oh Anna-Lena
schreib mir immerfort ...

Wenn der regen auf die erde fällt
wird die seele vom kummer befreit
einer reinwaschung im himmel
folgt träumerischer neuanfang im geiste

heftig wütende stürme und gewitter
beendet strahlender sonnenschein
in unbewegter luft
menschlichem zwist und streit
folgt liebestoller tanz
in ausgelassenen freudenfeiern

entlang des walles unter den eichen
des sommers in voller blätterpracht
welche groß grün und belaubt
des winters kahl bis auf äste und zweige
welche groß grau und entlaubt
die vögel zwitschernd am himmel
liefen zu jeder zeit
liebespaare voller glückseligkeit

*e*ine einzelne rose
langstielig mit grünen blättern
wohlduftend mit rotem blütenkopf
wunderschönstes gewächs auf erden
schenk ich meiner liebsten
von ganzem herzen
zum zeichen meiner liebe

*t*ief im innern meiner seele
fiebrig erregter zustand der entspannung
wohlige schauer durchfluten meinen körper
wahres geistiges genussgewitter
beim zittrigen wiedererleben
unserer einstigen körperlichen liebschaft

für dich, für dich und nur für dich

*eine schwarzhaarige schönheit
mit augen eisblau und tiefberührend
umrahmt vom schwarz der dunklen nacht
wie schimmernder see zur mondenzeit*

*recht klein von der statur
kämpft sie mit großem herzen
gegen ihre inneren zweifel
und für ihr wohl*

*wird eines tages finden
im getümmel der leut
oder in einsamer nacht
am fuße des weißen berges
ihren ritterlichen edelmann*

zur liebe beiderseits bereit

Schwarze krähen kreisend in der luft
vom dunklen tode kündend
menschen tanzend am großen lagerfeuer
von liebesfreude erfüllt
ekstatisch huldigend der jagdgöttin
für reichen beutezug im finstern wald

Wartend am fuße des weißen berges
mit den schneebedeckten abhängen
auf das erscheinen von ...
und siehe da
geblendet durch grelles licht
sonnenstrahlen treffend auf eis und schnee
verkannte gefahr
hinab gerissen und gestürzt
dahingegangen durch die gewaltige weißheit

jeden tag kämpfend
immer wieder und aufs neue
jeden tag emotional
immer wieder und doch neu

wenig fortschritt fühlend
ewig rührend auf der stelle
und doch vielschaffende bewegung
stück für stück vom lebenswerk

denn
das lebenswerk ist ein ganzes leben wert

*h*ab irgendwann vor jahren schon
das ziel aus den augen verloren
den sinn nicht ganz erfasst
nun steh ich da
komm nicht mehr nach

in gedanken träumend
vom erfolgreichen lebenswandel
in geselligkeit und kaum allein
und doch
fühl mich wohl
will nicht klagen

hab ein ganzes leben

*Z*eit schmilzt auf minimum
rastlose hetze nach glück
rastlos vorbei gehetzt
schmerzvoller entzug
von liebe und menschlichem dasein
roboterhaft fliehend
vor sonne mond und sternen

liebe und glückseligkeitsgefühl
enttäuschungsfreie empfindung
in anbetracht dieser einen nacht
unserer gemeinsamen zusammenkunft
bedacht

berauscht und wohlbenommen
im großen rechts
im kleinen mittig
lauschend und fühlend

vielsagender abend
viel sagend am abend
wahrhaftiger gedankenaustausch
unserer verschiedenen standpunkte

übereinkommende geistige tour
unserer weltanschauung
mit aussicht auf fortsetzung
innerhalb unseres denkens
von körper seele und geist

jedoch ohne fortsetzung
leidlicher geistiger misserfolg
im großen
im kleinen
im ganzen
traurige falschbewertung
wahre diskrepanz erkannt
somit keine übereinkunft

aufgewacht und mitgedacht
am puls der zeit hörend
aufgepasst und mitgemacht
zu jeder stund wachsam
über tag und nacht

ehrliche gefühle vortäuschend
geldgeile kommerzschlampen
mit schwarzen herzen aus stein
von wahrer liebe heuchelnd
und doch nur
eigenem vorteil bedacht

*m*ajestätisch in voller pracht
erhaben erhobenen hauptes
angstvoll starrend aug in aug

springt die hirschkuh
über stock und stein
in den nahen wald hinein

rettung ihrer herde
vor gleißender gefahr

*k*ünstlerisch-geistigem anspruch
gerecht werden wollen müssen
ständiger auseinandersetzung
mit jeglicher form / art
von bildender kunst
von künstlerischer bildung
aus eigenem inneren antrieb
zum entdecken der geheimnisse
unermesslichen ausmaßes
die im verborgenen schlummern

bedeutung der wahren liebe ergründen
suche nach innerer zufriedenheit
anerkennung und glückseligkeit
bedingt durch gegenseitige zuneigung

dem bekenntnis der liebe folgend
für immer und auf ewige zeit
das herz verloren an die eine
entsprungen dem zauber der schönheit

dem verständnis der liebe auf der spur

als versuch der erkenntnis der wahren liebe
innerer schönheit mehr beachtung schenkend
äußere schönheit nur schmückendes beiwerk
äußere schönheit bedingt durch natürlichkeit

möglichkeit erwerben für wahren liebesschwur
einzigartigkeit durch liebende zweisamkeit
tief tief berührend offen und ehrlich
bedeutung der wahren liebe ergründet

ein flüchtiger kuss
dient als beweis
unserer aufrichtigkeit

vollgesogen voller träume
von der menschlichen art
und ehrlichkeit angezogen

vollbringen wir
voller mut
wahre heldentaten

gehen voller zuversicht
und aus freien stücken
unsere große liebe ein

*W*enn die nacht bricht herein
krümmt das herz
sich vor schmerz
klopft der tod an dein fenster
lass ihn rein
stell dich seiner herausforderung
bekämpfe und besiege ihn
jedoch nur für kurze zeit
denn als sieger aus dem
immerwährenden lebenskampf
breitet er die arme aus
und empfängt dich
im feuerschlund seines rachens
für immer und ewig

*e*mpfinde schmerzen im herzen
von seelischer natur
und traurigem gemüt
entweder in anbetracht
verinnerlichter erinnerungen
an die eine einzige liebe
oder aber als ausdruck
einer nicht mehr
emfindbaren gefühlswelt
der liebe wegen
beides ist unerklärlich
und begreiflich

*d*iese unsere welt
energiegeladenes monstrum
im gigantischen weltall
nur ein winziger punkt
ist ein wille zur macht
und sonst nichts
gar nichts

*i*m herzen jung
im körper alt
entscheidung im geiste
zum leben
in seelischer freiheit
in naher zukunft
bei den sternen
lieblos leblos
weise ergraut

von der liebe verlassen
einsames tiefbewegendes
herz zurückgelassen
grübelnde zweifel
an der menschlichen
zuneigung und ehrlichkeit
erkennen der gefahr
dennoch trauerflor
schwelgend in erinnerung
träumendes neuerleben
längst vergangener zeiten

So wollen wir begreifen
der antwort wohlgefühl
und sehen doch nur schmerz
in uns
an uns
für uns
bei uns
wegen uns
ohne scham und geschrei

verlangen erklärung
fordern erfüllung
nur des glauben wegens
zur eigenen bestätigung
zur eigenen erkenntnis
zum lieben und
für das leben

ich seh immerfort der liebe
wegen diesen ort
und bleibe steh'n
lass mich geh'n
erleide schmerz und qual
kann nicht lassen
von der menschheit eitelkeit

erleben wir
des schmerzes angesicht
stellen wir
uns der gefahr
erliegen wir
nicht den eigenen gefühlen
verlieren wir
nicht den wahren mut